PROPAGANDE ANTI-OPPORTUNISTE

L'OPPORTUNISME

A NIMES

Prix : 25 centimes

NIMES
IMPRIMERIE CRÉMIER TEYSSIER
13, avenue Feuchères, 13

1885

L'OPPORTUNISME

A NIMES

NIMES
IMPRIMERIE CRÉMIER TEYSSIER
13, avenue Feuchères. 13

1885

L'OPPORTUNISME A NIMES

—

> Qu'est ce que l'opportunisme ?
> Tout.
> Que doit-il être ?
> Rien.
> Que sera-t-il demain ?
> Pas grand chose!

Au commencement de ce siècle un homme autrement intelligent que M. Gambetta, l'abbé Siéyès, inscrivait sur une brochure célèbre, l'épigraphe qu'un dictateur occulte s'est à juste titre appropriée.

Malgré les années, les temps sont les mêmes, la Bourgeoisie veut continuer l'œuvre du Tiers-Etat.

Depuis 1830 en effet, date de la défaite incontestée de la noblesse et du clergé, tout l'effort en France de la poignée de députés qui firent de Louis-Philippe, le Roi-Citoyen, a été incontestablement de prendre pied et de faire durer le régime de Juillet, sous des noms divers.

Ont-ils réussi ?

À peu près !

Pendant la durée du Gouvernement de Juillet places, faveurs, budget, étaient la proie d'une caste privilégiée et du haut de la tribune, un ministre M. Guizot jetait à ses fidèles, ces paroles qui faisaient rougir le marbre indigné :

« Enrichissez-vous ! »

La surprise de 1848 eut pour résultat de jeter dans les bras les uns des autres tous les bourgeois de l'époque.

L'Empire se fit.

Il essaya de s'appuyer sur les masses populaires, on sait comment il fut renversé.

C'est alors que M. Thiers rallia les vieilles légions orléanistes, fit endosser la Carmagnole aux chefs et sous le nom de République, s'installa paisiblement dans le fauteuil de son ancien maître, préalablement décapité de son coq.

I

Une telle situation ne pouvait échapper à l'œil unique, mais vigilant, du Génois Gambetta. Une telle situation ne pouvait échapper à son confrère Ferry.

Le premier comprit qu'en ralliant autour de lui
les rentiers effarés, les anciens censitaires qu'il dé-
couvrait dans de nouvelles couches sociales, en les
affublant d'un masque de comédie, il pourrait un
jour régner.

Calcul habile et profond qui spécule simplement
sur les plus vils sentiments du cœur humain.

De ce jour, un nouveau dogme fut inventé :
L'opportunisme.

Selon la nécessité l'opportuniste est blanc ou
noir.

L'opportunisme est un mensonge.

Supposez l'amour des places, un fétichisme outré
pour le culte du ventre, des appétits de toute sorte,
même les plus grossiers, les sept ciels de l'Islam
descendus sur terre et vous aurez quelques pré-
ceptes de la nouvelle religion opportuniste.

Nous la voyons du reste à l'œuvre et jamais
conception plus basse, plus étroite, n'a fait reculer
le soleil de la liberté.

Un despotisme brutal, sans vergogne, les coups
de Bourse, l'achat des consciences, la dénonciation,
le muselage de tout ce qui veut être indépendant.

Et la France est gouvernée par un tas de gredins
qui sous des noms divers l'exploitent à outrance,
par une majorité de saligauds, qui ne jurent que par
ce Ferry qui, au dire de Rochefort, a l'air d'être le
garçon du cabinet dont il s'est intitulé pendant

trop longtemps le président et le premier ministre.

Avec de tels pilotes la France doit finir par sombrer sous les huées de la réprobation universelle.

De sorte que ce charlatanisme perpétuel, ce crayon Mangin, ce vin frelaté, ce régime d'aventure qui tend à remplacer le meilleur chocolat politique, qu'on puisse offrir au public, périra comme tous les expédients misérables et ce ballon gonflé de mensonges crèvera sur la tête de son aéronaute principal l'homme du Tonkin et des prétendues pépites.

II

L'opportuniste n'a changé ni de type, ni d'aspect, depuis les trois glorieuses. C'est bien toujours l'immortel Joseph Prud'homme. Supprimez le parapluie rouge, un peu démodé; mais le bonhomme restera avec ses âpres et féroces appétits.

Amant passionné du pouvoir, que n'a-t-il fait pour le saisir, car régner, c'est être riche! Il a donc caressé successivement tous les régimes, frayé avec ses deux bêtes noires, la noblesse, le clergé, et de capitulations en lâchetés, baisant la main qui le frappe, il est ce véritable chien de basse-cour de la République, devenu tout aussi gros que son maître.

Comme portrait, c'est un être satisfait de sa personne, de ses habits, abhorrant royalistes et intransigeants, voyant des Jésuites partout — le pauvre homme ! — même sous son monocle, alors qu'il est lui-même la plus pure expression du Rodin esquissé dans un terrible Roman. Adorant du reste la bonne chère, les somptueux repas, les broderies, les décorations, les fracs officiels, il se rit de la France et n'a qu'un but : Faire sa propre fortune sur les ruines de la patrie.

Imitant les précédents de son aïeul Tartuffe, il déclare à la ronde que tous les organes du parti avancé qui ne soutiennent pas la politique opportuniste sont à la solde de la réaction.

Tel est le système gouvernemental du gorille politique qui vient de tomber et que le malheur des temps a huché un instant au pouvoir.

Et autant ce bizarre produit d'une civilisation en chrysocale est dur pour les faibles et hargneux pour ceux qui le combattent, autant il est plat devant la cravache des honnêtes gens.

A l'opportuniste, il faut tous les honneurs. Les places ne peuvent être que pour lui et ses proches. L'intransigeant, le bonapartiste, le légitimiste, n'ont pas le droit de servir la France ; ce sont des parias, des lépreux, des bêtes malfaisantes, et qui sait si dans sa rage de crocheter se croyant fort, il ne portera pas la main sur ceux qu'il déteste.

Par exemple ce jour-là, il aura tout à fait vécu, car il sera rejeté dans un hoquet de dégout.

Oh ! quelle triste créature que cet opportuniste, ayant tous les vices, se disant anti-clérical — pour la forme — quoique au fond il soit enchanté que le cléricalisme subsiste, pour en manger un petit morceau de temps à autre et avoir l'air de faire quelque chose.

Que peut procréer un tel monstre ? Des gommeux en favoris à côtelettes.

Comment le reconnait-on ?

Il illumine le quatorze Juillet et tout en se moquant tout bas du peuple qu'il déteste, dont il veut faire un esclave, il lui adresse quelques risettes pour l'envoyer tuer ensuite dans l'Inde-Chine.

Ainsi le veut la République de spéculation.

III

Nous disions plus haut que le Prud'homme de 1830 était éclos sous le rifflard de Louis-Philippe, tente dépenaillée par la tempête qui l'abrite encore.

et dont il ne sort guère que pour recueillir les
produits que lui font les insurrections. Soudoyant
toutes les bagarres, tout en se mettant à l'abri de
l'émeute, il renverse son bienfaiteur en haine de
Guizot, il mitraille les Parisiens aux journées de
Juin, et sous l'Empire, ayant peur des casse-tête,
il reste coi, la queue basse et portant l'oreille à
niveau de terre. Timidement il essaie de pousser
le peuple avec Rochefort, se promettant bien un
jour d'imiter Morny au pouvoir.

Le moment arrive, Rochefort part pour l'exil.

. . . .

La bande opportuniste craint les coups de plume,
le pamphlet lui fait peur, elle n'aime pas être
dérangée de sa douce quiétude, elle a tant de choses
à se reprocher !

Et elle essaie d'imposer un silence factice.

Mais la France n'est pas encore devenue le pays
du sérail.

Et on en parlera tant que les favoris de Ferry,
cette incarnation d'un régime abhorré, deviendront
légendaires.

Quel dommage que la monarchie ait raté, comme
l'opportuniste s'y serait rallié.

Il n'avait pas assez de fureur contre Emile
Ollivier et il l'enviait en secret.

Au Seize Mai, sous l'ordre moral, les négociants
de la rue du Sentier, armés de leur parapluie, ont

mis en déroute la réaction et triomphé du Mac-Mahonat.

C'est du moins ce qu'ils disent.

Il faut bien que l'opportuniste s'attribue quelques exploits imaginaires, ce géant aux pieds d'Argile, qui engraisse tant, qu'il étouffera.

Pauvre France, tes maîtres ne te valent pas, ce sont des enrichis sans vergogne, des étrangers, des muscadins, le Directoire ressuscite avec ses talons rouges.

L'opportuniste recherche à l'extérieur l'amitié de la Prusse, à l'intérieur celle des comtes et des marquis, ayant trahi tous les régimes.

Il exécute des décrets contre les religieux pour faire diversion à la question sociale, aux réformes, à la révision de la constitution dont il se garde bien de vouloir.

Si on lui demande quelques réformes il répond par un gros rire et quelques bouffées de fumée d'un cigare exquis.

L'opportuniste a peur des situations nettes; comme les orfraies et les hiboux, il opère la nuit.

IV

Maintenant faut-il ajouter à tout ceci que l'opportuniste nimois habite le Quai de la Fontaine, qu'il s'est emparé de la Mairie par escalade et qu'il a son cercle sur la place du Théâtre.

C'est là qu'est le Temple, le sanctuaire, la boutique où se nouent toutes les intrigues, les mauvais coups dirigés contre la Placette et contre le peuple.

Il rayonne, entretenant par ci, par là, quelques chambrées d'ouvriers de ses fabriques, comme il entretient d'un autre côté ses maitresses.

Qu'est le fils de l'opportuniste Nimois? Il est noceur, dépensier, poseur, mal élevé, ayant en horreur les blouses, les casquettes. Il croirait se salir les mains en serrant celles du loyal et brave ouvrier. Les prétendus cabecillas de l'Enclos-Rey, les condottieri légitimistes du chemin de Montpellier, les gros bonnets royalistes de la ville, ne sont pas eux, aussi scrupuleux. Ceux-là vont du moins visiter leurs amis, boire, chanter avec eux dans les réunions ouvrières des faubourgs, se mêlent à leurs soulographies et franchement ils donnent des leçons de démocratie à ces ventrus, oppresseurs du peuple.

Chers ouvriers, oui, vous sentez mauvais pour l'opportuniste et il vous préfère les boursicotiers et les vendus des autres régimes.

On vous carotte admirablement, on vous trompe par vos comités. Un exemple. Exigez aux prochaines élections des candidatures ouvrières, intransigeantes et radicales et vous verrez vos maîtres courber la tête devant vous, les esclaves. du temps présent.

V

Que faut-il faire pour vaincre l'opportuniste ?

Il faut l'alliance des honnêtes gens de tous partis, de ceux qui professent une opinion désintéressée. et loyale.

Il faut faire une campagne vigoureuse dans la presse, avoir des listes bien faites aux élections prochaines, et faire connaître les méfaits de l'opportunisme dans des conférences publiques.

Il ne faudra nommer que des députés actifs, se présentant aux électeurs armés d'un programme vraiment progressiste et anti-opportuniste :

En quelque sorte des cahiers du Peuple, ou seront inscrites les revendications de la démocratie et il faudra opposer à tout candidat opportuniste un candidat intransigeant quelle que soit l'élection, à. tous les tours de scrutin.

VI

Qu'ils lisent les cahiers du Peuple les jouisseurs. du jour et vous les verrez reculer effrayés, pareils. à la chauve-souris qui vole devant la lumière.

Ils ne se remettront pas de leur effroi, ces contempteurs de toute idée de justice.

Et pourtant quel programme plus juste et plus simple que celui-ci :

1. Révision intégrale de la constitution ayant pour conséquence la suppression du Sénat et de la Présidence de la République.

2. Une chambre unique, convention nationale, composée de 500 membres.

3. Loi municipale portant que la commune est libre dans l'Etat libre, y compris Paris et Lyon.

4. Suppression de l'inamovibilité de la magistrature, que la Chambre actuelle a voulu sauvegarder, on ne sait dans quel but tyrannique, et nomination des Juges à tous degrés, par le suffrage universel.

5. Le jury transformé et démocratisé.

6. Abolition de la peine de mort.

7. Installation des colonies pénitentiaires afin de faire travailler les détenus.

8. L'impôt sur le revenu et le capital, et, comme conséquence, l'abolition des octrois.

9. La liberté commerciale complète avec la création de chambres syndicales, ayant une personnalité civile, pouvant posséder.

10. Suppression des droits de consommation, notamment de ceux qui pèsent sur les vins et les alcools.

11. Abolition de la régie des tabacs et liberté entière pour la culture de cette plante.

12. L'Eglise libre dans l'Etat libre.

13. Rachat des Chemins de fer et des Mines. Diminution des tarifs.

14. Vente des domaines, des forêts de l'Etat, des diamants de la Couronne, afin de dégrèver l'agriculture.

15. Création d'une armée coloniale et fortes primes de rengagement à ceux qui voudront prendre volontairement du service dans l'armée.

16. Toutes les places administratives au concours.

17. Abolition du Cumul.

18. Suppression des Sous-Préfectures, des conseils de Préfecture et réduction du personnel de l'Etat qu'on augmente toujours.

19. Caisse de retraite pour les invalides du travail et les ouvriers.

20. Création de sociétés coopératives.

21. Liberté de la Presse, suppression de l'impôt sur le papier.

22. Abaissement du tarif des chemins de fer et du prix des places.

23. Etablissement de chantiers nationaux.

24. Liberté complète de réunion et de meeting.

25. Banque Nationale, prêtant au travail à

faible intérêt, afin de lutter contre l'industrie étrangère.

26. Crédit agricole.

27. La Liberté pour tous, voire celle même de faire des processions.

28. Suppression de la Préfecture de police, de la police secrète et de la police des mœurs.

29. Liberté d'instruction à tous les degrès et suppression du droit de diplôme dans les examens.

30. Rétablissement du calendrier républicain avec jours de deuil pour la semaine de mai, l'anniversaire des journées de juin et la date néfaste du 2 décembre.

31. Modification du drapeau de la République qui n'est en somme que celui de l'Empire et de la monarchie et son remplacement par le drapeau rouge.

32. Grands travaux nationaux décrétés et exécutés afin de donner aux bras le travail qui manque.

33. Organisation de fêtes nationales en l'honneur du 21 janvier, du 24 février, du 18 mars, du 14 juillet et du 22 septembre.

34. Le Panthéon, rendu à la première destination avec les statues de Babœuf, Clootz, Marat, Robespierre, Barbès, Baudin, Rossel, Delescluze, Millière, Crémieux et autres martyrs de l'opportunisme.

VII

Peuple, réveille-toi, chasse les tyrans et fonde enfin en France un régime de justice, de liberté et d'égalité pour tous, aussi bien pour ceux qui pensent comme toi, que pour ceux qui ont d'autres idées.

Et va crier sur tous les toits :

L'opportunisme est mort et enterré. Que le Diable ait son âme.

SPARTACUS.

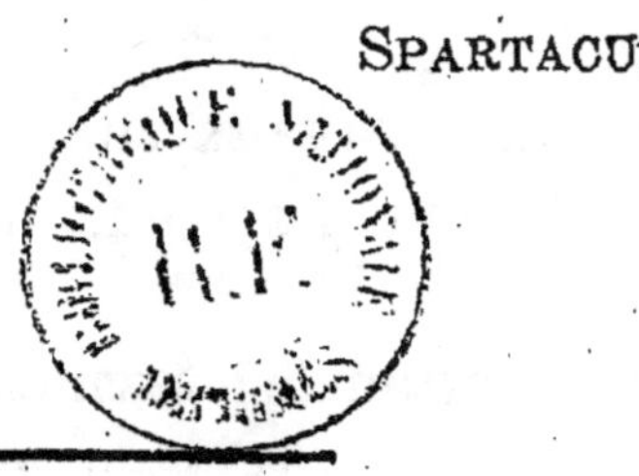